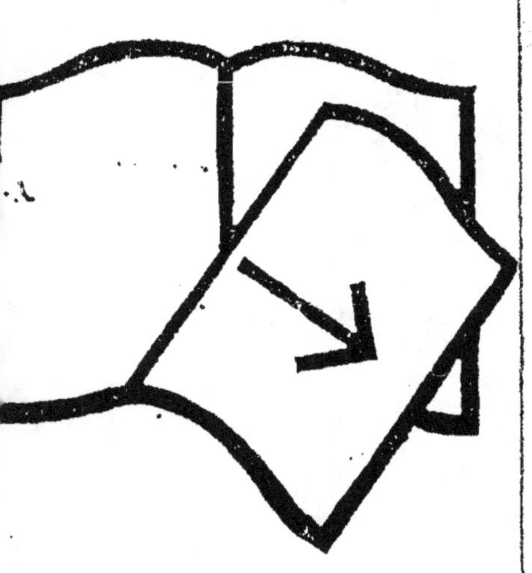

Couverture inférieure manquante

Début d'une série de documents
en couleur

BIBLIOTHÈQUE

DES

TEMPS NOUVEAUX

Burch Mitsu

PAR

Georges EEKHOUD

Année 1896 — N° 1.

ADMINISTRATION
51, rue des Éperonniers. (Centre).
BRUXELLES

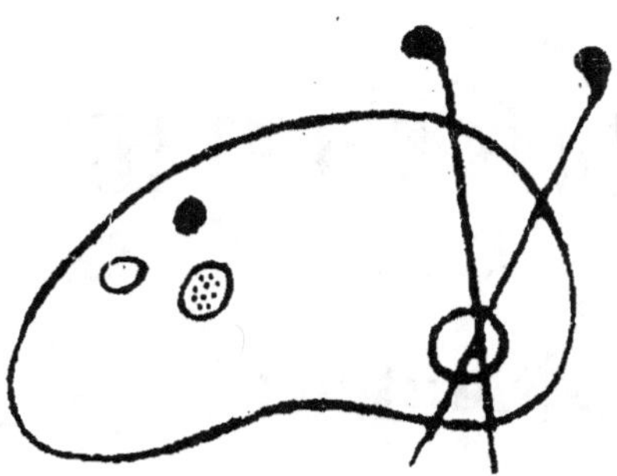

Fin d'une série de documents
en couleur

BIBLIOTHÈQUE

DES

TEMPS NOUVEAUX.

Mirch Mitsu

PAR

Georges EEKHOUD

Année 1896.

ADMINISTRATION

51 rue des Eperonniers, (Centre).

BRUXELLES

BRUXELLES, imp. EG. GOVAERTS, rue des Eperonniers, 51.

BURCH MITSU

Burch Mitsu

Onze vorderen waren vri,
En vri so bliven wi,
So lane een hert dat lafheid haet
In eenen Keerlenboesem slaet.

(Nos pères étaient libres
Et libres nous resterons,
Aussi longtemps qu'un cœur haïssant la lâcheté
Battra dans une poitriné de Kerel.)
(Chanson des Kerels flamands.)

I

Autrefois je passais chaque année quelques jours à Ostende, non point « par genre » et pour être signalé sur une plage élégante parmi les riches et les jouisseurs perpétuels, mais uniquement pour me retremper dans l'atmosphère salubre de l'Océan et m'imprégner de l'avivñante poésie des paysages maritimes.

Pour moi, notre littoral west-flamand est toujours cette farouche Kerlingalande des premiers siècles, qui tenait en respect les pirates normands et qui, fanatique de liberté, échappa longtemps au joug des Isemgrins, les tyrans féodaux.

En cette fin de siècle, durant la saison, les Isemgrins sont représentés à Ostende par la nuée des cosmopolites, des banquiers, des juifs allemands, des courtisanes, des souteneurs en habit noir et des aigrefins de la haute. Mais les pires Isemgrins résident à demeure dans le pays et s'appellent armateurs, poissonniers, écoreurs, pour lesquels les Kerels d'aujourd'hui, nos pauvres marins, sont race taillable et exploitable à merci.

Les énormes caravansérails, les villas à noms exotiques et courtisanesques où s'installent les richards me plaisent assez, à condition de les voir de la pleine mer; la distance effaçant alors les mesquines rocailles et les placages de l'architecture à la mode pour n'en plus révéler que les vastes proportions et les grandes lignes, bornant d'une façon presque imposante le panorama de la terre ferme.

Mais, en eussé-je eu les moyens, encore me serais-je bien gardé de me faire rançonner et écorcher dans ces hôtels plus ou moins sublimes. Non, je descendais dans quelque petite hôtellerie du quartier populaire, mitoyenne de l'herberge flamande et de la britannique boarding-house. Avec sa façade ocre, chacune

des fenêtres garnie d'un lattis vert derrière
lequel écarlate le géranium, cette fleur pleine
de bonhomie! — la maison dégage une res-
pectability tempérée de cordialité. A l'inté
rieur, tout reluit de cette propreté particulière
aux navires de guerre. Aux trumeaux de la
dining-room, quelques crabes géants alternent
avec les réclames des grandes lignes de stea-
mers et contrastent de toute leur difformité
avec les mutines figures de babies et de misses
chromolithographiées dans les Christmas num-
bers.

Mais je hantais de préférence la salle du devant, le cabaret même, plus topique, plus ac-
cueillant encore. Surplombant le zinc poli du
comptoir, des pintes de calibres variés alignent
leurs régiments bien fourbis et attendent leur
mobilisation pour les batailles d'ale et de stout.
Gigots et roastbeefs froids, jambons d'York, im-
posants et majestueux à l'égal de queen Victoria
sanguinolent sous des cloches qui sont de véritables coupoles de Panthéons et, de temps en
temps, avec un *geste d'ogresse apprivoisée*, la
bazine, une Ostendaise britannisante, après
avoir repassé son coutelas, découpe une large
tranche que le capitaine de navire, le mate de
chaloupe, le yachtsman, le débarqué de la malle
reluquent d'un œil carnassier.

Oh! la confortable et ragoûtante auberge!

Le plaisant va-et-vient des gens de mer, depuis le petit mousse imberbe et joufflu jusqu'au
timonier hirsute qui s'y amènent, bras bal-

lants, jambes roulantes. Ce sont des Français
de Dunkerque, pataugeant jusqu'aux fesses
dans des bottes béantes, aux hardes lâches et
débraillées, d'un blanc douteux, striées de vis-
cosités, coiffés d'une manière de casque à mè-
che, porteurs de noms superbes comme des
appels de clairons bibliques : Marie-Saint-Es-
prit-des-Anges! — des Anglais, en gros bleu,
au béret rejeté en arrière, moins hâbleurs,
plus propres, mais hargneux et despotiques;
puis les pêcheurs ostendais mêmes, d'aspect et
d'allure placides, de beaux gars, les meilleurs
enfants de la terre, un peu dépaysés, gauchis
jusqu'à en paraître piteux et godiches, dans
cette taverne cosmopolite où leurs concurrents de Grimsby et de Ramsgate, autrement
protégés et défendus par leur gouvernement
que nos marins belges, se comportent comme
at home. A certaines intonations, à des échan-
ges de regards, à des lampées qui sont des défis,
je pressens plus d'une fois que des parties
de boxe et de couteau se lient d'une tablée à
l'autre.

Quoique notre baes, un grand diable d'*English*, ancien forban, demeuré quelque peu
contrebandier, penche naturellement du côté
de ses compatriotes, il se pique d'impartialité
et il expulserait l'agresseur quel qu'il fût, de
sorte que les chamaillis qui couvent et s'ali-
mentent ici dans les fumées du houblon et de
l'alcool, n'éclatent généralement qu'au dehors,
plus loin et plus tard.

En attendant, les heures s'écoulent benoîtement en veillées vocales et chorégraphiques. *Song and dance!* Séances dont les étrangers font les frais. Romances d'un bleu de myosotis, chantées avec une componction de première communiante par des gabiers barbus et mal équarris qui font rouler à bord des jurons plus âcres que leur chique et plus abondants que leur salive! Et des bourrées! Et des bagpipes! A mesure que les pieds du danseur, un pilotin membru, tricotent de plus en plus vertigineusement, sa physionomie devient de plus en plus grave et se revêt d'on ne sait quelle expression nostalgique. Puis, sa performance achevée, souriant, il fait la collecte au profit des petiots d'un ancien qui a bu le grand coup ou, simplement—pardi! il a raison de l'avouer, la monnaie n'en pleuvra pas moins dans son béret,— au profit de l'équipage en bordée.

Que de soirs déjà lointains, de maritimes et taciturnes soirs passés, en fumerie, en beuverie, à observer, à écouter, à m'angoisser délicieusement, comme en un rêve! La béate torpeur après les baignades et les excursions de la journée! Dans la porte ouverte s'encadre, de plus en plus sombre, le velours bleu de la nuit où le rubis d'un fanal au sommet d'un mât scintille à côté du brillant d'une étoile... *Good night!* Les matelots lourdement démarrent et leurs pas traînards s'éloignent, cadencés. Mais, à l'écart, dans les ténèbres des quais extrêmes ou dans le dernier bouge ouvert aux hourvà-

ris et aux bagarres noctambules, éclate le cri
de ralliement des anciens Kerels : *Harop !
Harop !*

Sous le Flamand abalourdi et passif, repa-
raît le cher mauvais coucheur des Communes.
En garde, les Anglais ; toi, le roucouleur de
càntilènes et toi, le talonneur de gigues! En
garde ! *Harop ! Harop !*

Le matin, en ouvrant ma fenêtre, je con-
temple les bateaux de pêche alignés côte à
côte, rapprochés frileusement, agitant au sommet de leurs mâts une petite langue de drapeau. Un peu plus tard, ils ont disparu comme
par enchantement. Le bassin est désert, Pas
une barque n'est restée au port. Elles ont
prestement déployé leurs voiles et, remorquées
par équipe jusqu'à la sortie du chenal, elles
ont repris la mer à marée haute. En revanche,
quelques heures après, à condition que la mer
soit propice, toutes seront revenues à quai.
Ainsi les pigeons s'envolent et migrent de
compagnie.

Devant moi se dresse le bâtiment de la minque dont la cloche sonne les périodiques criées
comme autant d'angelus. La minque, toujours
saturée d'un encens vireux mais salubre, re-
gorgeant d'offrandes entassées dans les cloyères et les bannettes, et charroyées du quai par
des mousses et des poissonniers musclés. Et
les chasse-marée attendent sur un rail de rac-
cordement avec la gare, le moment d'apporter
tout ce poisson aux voraces terriers. Vides, —

le dimanche, par exemple, ou dans la soirée,
— ces grands wagons servent de théâtre aux
sublimes parties de cache-cache des culottins
et des bambines, fagotés comme leurs parents,
héritiers rougeauds et poupards d'une race ex-
traordinairement prolifique. Future chair à
poissons, ces gamins rieurs affectent déjà l'allure balancée des loups de mer! Combien de
ces délurés espiègles mourront sur la terre
ferme? Car il s'en faut que la mer soit toujours la chatte caressante qui flatte et câline
de ses vaguilles festonnées les mondaines des
beaux mois d'été.

Il s'en faut aussi qu'elle se montre nourri-
cière généreuse pour ceux qu'elle attire sur
ses abîmes; d'ailleurs, elle aurait beau multi-
plier les pêches miraculeuses, la presque tota-
lité du gain remplit les coffres d'âpres et cupi-
des courtiers.

Que d'angoisses lorsque la mer a ses fureurs
noires et qu'elle s'agite comme en mal d'en-
fant, car ses gésines préparent des mortuaires
au lieu d'annoncer des naissances! Heureuses
les Ostendaises quand il n'y a pas d'absents,
quand toutes les barques sont rentrées! Ces
jours de tourmente, il y a foule sur l'estacade ;
les femmes guettent à l'horizon la voile du
père, du mari, du frère, du fiancé, du fils bien-
aimé. Ces jours-là, les cheminées des masures
n'arborent pas à l'heure de midi la joyeuse fu-
mée. Et les derniers écus, destinés à tromper
la faim, se fondent, pour tromper les angois-

ses, sur les comptoirs des cabarets! Et, ces
jours-là aussi, la marmaille, accrochée aux
jupes des ménagères, criaille et, l'estomac vide,
n'a pas le cœur au jeu !

Et, comme s'il ne suffisait pas des bourras-
ques pour décimer cette population compacte,
de temps en temps le typhus, le choléra, la
variole distribuent quelques coups de balai
dans ce grouillis de misérables qu'on croirait,
à les voir peiner si dur, ne pas souhaiter mieux
que d'être supprimés une bonne fois! Et pourtant le pullulement recommence de plus belle.
Et pour un naufragé il y a toujours six nour-
rissons. Le père entre dans la nuit sous-marine
avant que son dernier-né voie le jour! Chaque
été les pots de géranium arborés aux fenêtres
des bicoques n'épanouissent pas une fleur de
moins, et les ménages comptent toujours le
même nombre de petiots!

Les vieillards, au seuil des portes, semblent
presque aussi nombreux que les mères et les
bambins, car il faut croire que l'Océan est surtout friand d'hommes dans la fleur de l'âge. Les
veuves de plusieurs époux ont des enfants de
plusieurs lits, on pourrait dire des orphelins
de plusieurs tempêtes. Le dernier mari est
souvent à peine plus âgé que le fils aîné.

Que de flâneries par les petites rues bate-
lières, laides, oh oui! sales et trop droites,
mais si pittoresquement habitées. Et l'aspect
de ville joujou, aux maisons bariolées comme
celles des boîtes de Nuremberg, que présente

le quai des Pêcheurs, vu de la plaine entou-
rant le nouveau phare.

Je m'arrête devant les éventaires des échop-
pes et régale les marmots, aux prunelles élar-
gies par de gourmandes convoitises, d'une
livre de bigarreaux ou de cerises noires. Les
commères prennent le frais sur le pas de leurs
portes, remaillent les filets ou tricotent pour
leurs hommes un de ces jerseys de laine
bleue, sans couture, — comme la tunique du
divin maître, — dans lesquels se moulent les
torses bombés. Que de crépuscules passés à
contempler ce quai des Pêcheurs avec ses al-
lées et venues de matelots!

A les juger sur leurs allures, on prendrait
ces solides maroufles pour les ouvriers les
plus paresseux de la terre. Ils promènent leurs
grandes carcasses flegmatiques et charnues le
long des quais, sur les estacades, ou s'allongent
à plat ventre et bayent aux nuages et scrutent
au plus profond de l'horizon les voiles des camarades. Quelques-uns sont briquetés, d'autres ont des physionomies ligneuses et basa-
nées; presque tous ont la peau aussi dure que
le pain noir qu'ils mangent. A les voir batifo-
ler entre eux ou s'éterniser devant un verre
de bière, on se méprendrait sur leur énergie et
leur activité.

Pendant la saison, ceux que la pêche n'oc-
cupe pas guettent, sur l'estacade, le passage
des clients, pour leur proposer une promenade en mer, dans un de ces petits canots à

voiles, garés au pied des pilotis rongés de va-
rechs. Neuf fois sur dix, le flâneur passe, im-
portuné. Moi-même, au début, je faisais à peine
attention à ces humbles industriels et écoutais
avec impatience le boniment qu'ils me bara-
gouinaient en un français de contrebande :

—« Un bon petite brise pour un petite tour
en mer, Monsieur!... Un joli bateau et un
bonne matelot, Monsieur? »

Un jour, cependant, la figure d'un de ces
braves garçons indiqua tant de supplication et
de contrariété à mon refus, que, sur le point
de passser outre, je consentis à fréter sa co-
quille de noix. Il godilla son embarcation jusqu'à ce que nous fussions sortis du chenal.
Puis il se mit en devoir de guinder son mât et
de brasser sa voile.

C'était un grand blondin, au teint briqueté,
membru et robuste comme un homme fait,
quoiqu'il n'eût pas encore l'âge d'un conscrit.
La bouche charnue et songeuse, parfois mu-
tine, démasquait des dents entièrement blanches et saines. De ses yeux bleus, de ce bleu
profond et enveloppeur des chaudes nuits de
juillet, coulaient des regards expansifs. Visage
ouvert et candide, dont l'expression caressante et débonnaire contrastait avec la carrure
imposante et les ronds biceps du sujet. Le jer-
sey enfoncé dans ses bragues collantes, une
courroie jaune serrée à la taille; sur la tête, la
petite casquette des pêcheurs d'Ostende, un
peu rejetée en arrière; dans cet accoutremen.

sommaire, ses gestes avaient une liberté, une
assurance et une véritable grâce. Aussi porté
que je sois pour les gens du peuple, celui-ci
me revenait particulièrement.

Je me mis à converser avec lui, et il faut
croire que je lui inspirai confiance et qu'il
devina ma sympathie, car il m'apprit, dès cette
première promenade, un tas de particularités
sur sa personne, sa famille, sa condition et son
métier.

Il s'appelait Burchard, ou plutôt, par abré-
viation et plus familièrement, Burch Mitsu.
C'était le second de cinq frères, dont l'aîné, de
deux ans plus âgé que lui, pêcheur et marin
modèle, était engagé pour la navigation hau-
turière et se rendait, comme les marins de
Paimpol, jusqu'au Groenland, à Terre-Neuve
et en Islande, à chaque saison de la morue.
Burch me vantait ce grand frère avec une ad-
miration lyrique et rêvait de marcher un jour
sur ses traces.

En attendant, il faisait son apprentissage à
bord des bateaux qui vont pêcher le poisson
côtier. J'avais plaisir à entendre ce brave garçon me parler de lui et des siens. Il me disait
avec tant de simplicité leur vie de labeur et
de périls; leurs salaires dérisoires; les soucis
que causaient à leur mère, demeurée veuve,
les tout jeunes frères et sœurs, une véritable
couvée, tout un petit monde qu'il fallait nour-
rir et surveiller, et pourvoir de sabots, et tenir
en bonne santé; il me parlait avec un tel

abandon, une effusion si flatteuse pour le
confident de ces détails intimes, que je ne me
lassais pas de l'entendre. Tout en causant, il
manœuvrait le mât et la voile. Sa silhouette
fière se découpait sur l'immensité du paysage.
Plus d'une fois, en l'entendant, je me rappelai
ce passage de Gœthe où Werther parle de l'impression que lui procure une idylle d'amour
racontée avec le plein accent de la passion
vraie par le valet de ferme qui en est le héros.
Le mâle et doux langage était imprégné de la
notion du devoir compris dans son sens le plus
hautain et tout y vibrait de l'amativité sans
phrases d'un de ces chauds et pantelants cœurs
du peuple, d'une de ces natures vierges et
presque infantiles, d'impulsion logique, d'ins-
tinct juste, de compréhension généreuse, qui
ne connaîtront jamais les transactions viles, les
subterfuges et les perfidies.

En voilà un, me disais-je, qu'il serait difficile, mais bien dangereux de pousser à bout!
Une fois hors de ses gonds, il n'y rentrerait
plus!

Je m'attachais de plus en plus à ce compagnon et renouvelais souvent mes excursions
le long du littoral, jusqu'à Knocke d'une part,
jusqu'à La Panne, de l'autre.

L'habitude de sa présence s'invétéra à tel
point que les matins où un contretemps m'empêchait de m'embarquer avec lui, un vide se
creusait dans ma journée. Parfois aussi il avait
été engagé par d'autres clients, et je me voyais

forcé, plus pour lui faire plaisir que par goût,
de louer la barque et de me contenter des services d'un camarade, à qui le digne garçon me
recommandait. J'ai même souvent pensé que
mon ami ménageait ces occasions pour faire
profiter de son aubaine un concurrent moins
avantagé et plus nécessiteux que lui. Aucune
délicatesse native ne devait lui être étrangère.
Je n'eus, d'ailleurs, jamais à me plaindre de ces
remplaçants. C'étaient de braves marins comme lui, qui, loin de chercher, comme c'est généralement le cas à cette époque d'âpre lutte
pour la vie, à lui enlever sa pratique et à
l'amoindrir, à le « débiner » pour mieux se
faire valoir, disaient de lui tout le bien imagi-
nable, me vantaient son talent professionnel,
confirmaient ce que je savais de son intéres-
sante famille, enchérissaient même sur des
traits que sa modestie l'empêchait de publier.

Cette année, encore plus que les autres, je
vis s'approcher la fin de mes courtes vacances
avec un sentiment de tristesse et d'appréhen-
sion.

La mer me captive et me béatifie à tel point
que je ne l'ai jamais quittée, pour rentrer
dans la grande fournaise citadine, sans un crispant serrement de cœur. Et c'est presque navré
jusqu'aux larmes que dans le train, le nez collé
à la vitre, je vois décliner la silhouette du
phare derrière la bordure d'arbres prosternés
par le vent d'ouest.

A présent que j'avais trouvé une âme par-

faitement adéquate à la contrée de mes déli-
ces, un être qui s'harmonisait avec cette nature
patriale, mon départ devenait plus cruel encore ! Quelque superbe que soit une région,
j'estime, à l'encontre de beaucoup de misan-
thropes rustiques et de paysagistes boudeurs,
que l'homme en demeure le véritable centre,
le plus éloquent foyer. Souvent il suffit d'un
être humain, d'une créature bellement autoch-
tone, pour condenser et résumer la nature
d'un pays, voire d'une race, avec toute l'inten-
sité et toute la magnificence du symbole.

Ainsi, je le répète, ce simple ouvrier — qui
ne soupçonna jamais quelle prépondérance il
revêtait à mes yeux — m'incarnait à la fois le
mystérieux et toujours jeune Océan et la no-
blesse stoïque et intrépide du métier de marin.
Des générations de naufragés sublimes revi-
vaient et sympathisaient en l'épanouissement
de sa blonde jeunesse. Ce pauvre diable, ce
paria, était corrélatif à la patrie flamande et,
avec son masque à la fois résolu et placide, vi-
ril et touchant, c'était ainsi que je me figurais
les Kerels ou les Pieds-Bleus, la terreur des
Isemgrins et des Normands. Mais, plus encore
que tout cela, un charme mystérieux, indéfi-
nissable, que je ne m'expliquai que plus tard,
me retenait auprès de ce matelot fruste et illet-
tré. Souvent, dans ses discours et dans sa physionomie, dans ses gestes les plus simples, dans
ses attitudes pendant les manœuvres de notre
barque, dans toute sa personne enfin, en dépit

de la signification et de la portée de ses paroles et de ses mouvements, surgissait un prestige occulte et virtuel. En l'écoutant et en le regardant, je songeais — je ne saurais dire pourquoi — à de généreux sacrifices; je l'associais à des pressentiments aussi mélancoliques que des regrets. Je l'avais devant moi et déjà il m'était mémorable, je dirai même légendaire.

Plus d'une fois me venait aux lèvres ce refrain de ses très arrière-ancêtres : « Nous allons chanter les Kerels. Ce sont de mauvais gredins. Ils veulent dicter la loi aux chevaliers et portent leur bonnet de travers! » Aujourd'hui je m'explique cette voix passionnée, cette allure lointainement tragique et cette lumière bizarre et fatidique qui le nimbait à certains moments!

Mon dernier soir d'Ostende flatta et exaspéra singulièrement ces mystérieuses dispositions sympathiques. J'étais resté longtemps avec Burch sur la digue, au pied de l'ancien phare, à contempler et à écouter la mer. Depuis des heures nous ne parlions presque plus. Il fallait nous résoudre à rentrer. Au moment de la séparation, nos mains demeurèrent longtemps étreintes : « Alors, à l'année prochaine, lui dis-je, à moins que d'ici-là vous ne consentiez à vous aventurer un jour à Bruxelles. »

Mais à l'idée de s'engager à l'intérieur des terres, pour toute réponse Burch tourna filialement ses regards vers la féline hypnotiseuse et les ramena ensuite vers moi, avec un bon

sourire incrédule, exprimant plus éloquemment que des paroles l'absolue incompatibilité
de ce voyage avec sa personne, — avec son
destin peut-être.

La mer grondait, chantait doucement ; elle
avait l'air de faire le gros dos. Or, en ce moment de nos adieux, comme si l'élément despo-
tique, suzerain absolu de mon féal camarade,
devenait envieux de notre intimité, une grosse
vague s'éleva là-bas, au-dessus de la nappe à
peine agitée, bondit vers nous et, phosphorescente, en s'éparpillant sur le brise-lames, cré-
pita comme un lointain feu de peloton.

II

Cependant juillet revint et, avec ce mois,
les quelques jours de trève si impatiemment
attendus. A mon arrivée à Ostende, j'eus bientôt relancé mon ami de la saison passée. C'était
toujours le même brave, superbe et cordial
— garçon. Et dès notre nouvelle rencontre, nous
nous retrouvions ajustés, nos caractères s'em-
boîtaient comme si nous ne nous étions jamais
quittés. Un air plus grave, plus préoccupé, me
frappa chez mon féal camarade et perça sous
les éclats de sa belle humeur. Dans la voix

mâle et cuivrée, au métal généreux qu'on aurait dit coulé dans le même moule que les
bourdons des beffrois communiers, grattaient,
rauquaient des notes étranglées et sourdes révélant une préoccupation, un souci qui demandait à s'épancher. Sa fierté l'empêcha longtemps de me confier cette peine et, si désireux
que je fusse de provoquer cette confidence, je
craignais de l'effaroucher en le questionnant
directement. Je remarquai aussi que plus je lui
parlais avec bonté pour l'amener à m'ouvrir
son cœur, plus sa voix rude et ferme tremblait et s'engorgeait, et plus ses yeux vaguement brouillés de larmes démentaient le loyal
sourire de ses lèvres. Le digne Burch ne plaisantait plus avec sa rondeur et sa gaillardise
habituelles dans ce ragoûtant et pittoresque dialecte west-flamand, langage aux flexions insinuantes, se perdant en un gazouillis de voyelles,
dont les molles intonations jurent avec l'air
crâne et les gestes énergiques de ceux qui le
parlent.

Un jour, las de sa contrainte, je me décidai
à lui demander nettement ce qui lui pesait sur
la poitrine. Il essaya de protester, de se récrier en enflant la voix et en éclatant de rire,
mais je ne fus pas dupe de cette fausse hilarité
et j'insistai, me fâchant presque, froissé par sa
méfiance : « Vous n'avez donc aucune amitié
pour moi ? »finis-je par lui dire. A ce reproche,
il fondit en un flux de paroles lourdes et crispantes comme autant de sanglots qui mena-

çaient à tout instant de tourner en larmes et
qu'il déguisait sous une toux convulsive. Il
m'avoua et me dépeignit sa gêne profonde,
celle des siens, celle de tous ceux de son métier. De plus, la conscription le guettait cet
hiver, et ce n'est pas un gaillard fait comme
lui qu'on exempterait du service s'il tirait un
mauvais numéro! Leur dangereux et pénible
labeur ne rapportait presque rien, alors que
les nécessités de la vie augmentaient de jour
en jour. Ils ne pêchaient pas moins de poisson
cependant; ils, montraient toujours autant
d'ardeur et d'énergie au travail! Comment se
faisait-il alors qu'autour d'eux on s'enrichis-
sait, on vivait dans l'abondance, sans une in-
quiétude, sans un mauvais jour, en se croisant
pour ainsi dire les bras! Pourquoi les travailleurs étaient-ils seuls à pâtir?

« Est-il juste, Monsieur, disait Burch, que
nous ayons si peu de pain? Chaque jour le
bourgeois rogne sur la maigre ration qu'il
nous accorde. Nous ne leur coûtons pas grand'
chose, cependant, aux patrons! Du moment
qu'il y a de quoi manger, nous sommes con-
tents de notre sort. Notre luxe, c'est un peu
de braise dans la chaufferette de grand'mère,
un mouchoir de couleur ou une bague en argent pour notre promise, un caramel, un *babeleer* (1) pour les mioches, des pantoufles à fleurs
ou des bottines avec des piqûres de fils de couleur et à très hauts talons pour faire le brave

____

(1) *Babeleer*, sucrerie favorite des enfants du peuple.

et nous balader avec nos amies après la beso-
gne, une poignée de *censs* (1) encore au fond du
gousset de notre bonne culotte de drap noir —
neuve depuis Pâques dernière — juste de quoi
battre quelques *flikkers* (2) dans les salles de
danse du port et vider au même verre un ou
deux litres de bière brune en grignotant une
tranche de *scholle* (3) qui rend la boisson plus
agréable au gosier ! Jusqu'à présent ces dou-
ceurs ne nous étaient pas refusées! Nous pre-
nions gaîment la vie et s'il survenait une contrariété, ma foi, celle-ci passait comme une
nuée; nous mordions plus rudement notre
chique, voilà tout! »

Sur ces entrefaites, Gust, le frère aîné de
Burch, le digne pendant de mon inséparable,
mais plus hâlé, plus massif, déjà barbu, la vi-
vante image de ce que Burch deviendrait
dans deux ans, était revenu de la grande pêche et, en mer, un jour que je les avais loués
tous deux, Gust me compléta le tableau de la
situation pitoyable des pêcheurs de notre littoral :

Les écoreurs, c'est-à-dire les commissionnaires qui se chargent de vendre la cargaison
d'un bateau de pêche moyennant un pour cent
véritablement usuraire, se liguaient avec les
armateurs et les gros poissonniers contre les
infimes manouvriers de la mer. Et comme s'il

---

(1) *Censs*, deux centimes.
(2) *Flikkers*, entrechats.
(3) (*Scholle*, carrelet.

ne suffisait pas de ces écoreurs, ou plutôt de
ces écorcheurs, pour rançonner les pauvres
diables, l'ogre État et l'ogre municipal, représentés par un tas de gabelous et de records,
achevaient de les dépouiller des deniers obte-
nus au prix de tant de luttes et de périls. Enfin,
ceci pour le coup de grâce, l'étranger faisait,
sur le marché d'Ostende même, une concurrence désastreuse aux marins belges. Oui, les
gros mareyeurs ostendais, au lieu de favoriser
leurs pauvres concitoyens, les pêcheurs indigènes, leur préféraient les Anglais et les
Français.

Ainsi, ayant pris la mer vers la fin de juin,
la flottille islandaise dont Gust faisait partie
avait été précédée au port par un gros arrivage
de bateaux boulonnais et la présence de la
morue des Français avait abaissé à la minque
la morue ostendaise de dix francs par panier,
de sorte que celui-ci ne valait plus que soixante-dix francs. Pour ajouter à l'amertume
de Gust et de ses compagnons, c'était à la con-
signation d'écoreurs et d'armateurs ostendais
que les bateaux de Boulogne étaient venus
vendre leur pêche.

— « Et dire que lorsque tout se passe pour
le mieux, nous gagnons à peine de quoi sub-
sister ! ajouta l'aîné des Mitsu. Jugez-en, Monsieur : un sloop est généralement monté par
quatre hommes et un mousse, commandés par
un patron. Après une pêche qui dure, lorsque
le temps est favorable, sept à huit jours, — je

parle de la pêche ordinaire dans la mer du Nord, — mais qui se prolonge beaucoup plus longtemps lorsque la mer est mauvaise et le vent contraire, le bateau regagne le port avec une cargaison valant en moyenne cinq cents francs. L'armateur commence par retenir de cette somme le total des frais de remorquage, droits de minque, prix de la glace, total qui monte bien à deux cents francs. Il s'attribue encore quinze pour cent pour les avaries et l'usure de la barque, pour l'entretien des cordages, ce qui fait soixante-quinze francs. Restent donc deux cent-vingt-cinq francs de bénéfice, dont chaque homme de l'équipage ne touche que cinq pour cent, soit une douzaine de francs. Et c'est avec ces douze francs que le pêcheur est obligé de faire vivre sa famille !

Non seulement les étrangers, avec la complicité de nos protecteurs naturels, viennent nous arracher de la bouche cette misérable croûte de pain, mais nous sommes persécutés et spoliés de toutes façons par nos concurrents dans les pêcheries de la mer du Nord. Ils ne se bornent pas à nous fermer leurs ports et leurs marchés, mais ils voudraient encore nous empêcher de prendre le poisson. Quant au gouvernement belge, la protection qu'il nous accorde est tout bonnement dérisoire ! »

Et Gust, entrant dans des explications détaillées, me raconta les confli s entre chalutiers belges et harenguiers anglais. Les chalutiers pêchent au moyen d'un filet en forme de sac.

Celui-ci, rattaché, à l'aide d'un câble solide, au
bateau qui dérive avec la marée, drague le
fond de la mer. Le harenguier, lui, use de filets
perpendiculaires plongeant à plusieurs mètres
sous l'eau et s'étendant sur un espace d'une
lieue et plus, retenus par des bouées qui flot-
tent à la surface. Le bateau harenguier, amarré à cette muraille flottante, garde une immo-
bilité relative, tandis que le chalutier se livre
à de continuels déplacements. Il en résulte
que lorsque dans sa course le chalutier rencontre les filets du harenguier, il ne peut
avancer qu'en relevant son filet et en perdant
parfois plus d'une heure que dure cette opéra-
tion, à moins de passer outre, brutalement, et
de déchirer les engins obstruant sa route. C'est
à ce moyen expéditif que les chalutiers, de
beaucoup les plus nombreux, les Belges aussi
bien que les Anglais, les Hollandais et les Français, recouraient presque chaque fois au début,
exaspérés qu'ils étaient par les barrières qui
se dressaient dans toutes les directions devant
eux. Mais les honnêtes English se défendirent
d'user jamais de ces pratiques violentes et en
attribuèrent le monopole exclusif à nos pêcheurs flamands. Ils donnèrent même le nom
de *belgian devil* ou « diable belge » à l'un des
instruments tranchants employés pour perforer
les filets des harenguiers et ils exhibèrent cet
outil destructif, en manière de pièce à convic-
tion, pour accabler leurs rivaux dans tous les
procès ou enquêtes provoqués par des diffé-

rends entre pêcheurs des deux nations.

Nos simples matelots, à commencer par Gust et Burch Mitzu, se disaient, avec la logique primordiate des *Kerels*, les anciens aborigènes, que la mer étant libre, nul n'a le droit de s'y implanter à l'exclusion des autres, et partant *ils* estimaient que l'emploi du diable belge ou de tout autre diable du même genre n'avait rien de criminel. Longtemps donc, ils ne se firent faute de se frayer, à coups de hache et de tranchet, un chemin à travers les rêts des gêneurs et de mettre en capilotade les filets des harenguiers. Toutefois, depuis la convention de La Haye, nos gaillards, soi-disant mieux éclairés sur leurs devoirs, ont délaissé ces pratiques sommaires. On ne trouverait même plus, à bord de nos chaloupes ostendaises, un seul des engins prohibés. Cela n'empêche pas les Anglais de nous accuser comme devant. Le préjugé s'invêtère surtout à Lowestoft, où les tribunaux se montrent d'une partialité outrageuse à l'égard des marins flamands. Lorsque ceux-ci ne sont pas poursuivis pour avoir lacéré les filets des harenguiers britanniques, on les chicane à propos de la disposition de leurs feux. D'autres fois, nos pêcheurs auraient menacé ou assailli les étrangers, comme s'il pouvait raisonnablement venir à la pensée de l'équipage d'un sloop ostendais, composé tout au plus de cinq ou six placides matelots, dont un gamin, d'aborder, d'*assaulter*, comme disent les insu-

laires, un harenguier monté au minimum par
dix formidables gaillards. Enfin, les chica-
neurs d'outre-mer poussent l'acharnement
contre nos malheureux compatriotes jusqu'à
les accuser de résistance aux croiseurs britanniques qui les surprennent en état de contra-
vention, comme si un infime petit bateau,
équipé de la manière qu'on vient de voir,
s'aviserait jamais de lutter contre quarante à
soixante-dix *blue-jacks* de la marine royale, ar-
més de carabines,, sans parler d'une réserve
d'armstrongs et de hotchkiss.

Je rapporte ici une grande partie des ren-
seignements que Gust Mitsu me procura sur
la condition des pêcheurs belges comparée à
celle des étrangers, car ces particularités feront
mieux comprendre les événements que cette
condition, précaire jusqu'à en devenir inique,
allait amener.

Gust me raconta encore qu'il était avéré que
maintes fois les armateurs britanniques, pour-
suivant les Belges pour de prétendues *nui-
sances*, par exemple pour la destruction de
leur matériel de pêche, eussent envoyé en mer
des engins détériorés et hors d'usage, dont ils
se faisaient ingénieusement payer le rempla-
cement par nos débonnaires compatriotes.

Si la grande pêche ne rapportait guère,
l'autre était plus ingrate encore. Burch me raconta que les poissonniers riaient au nez de sa
fiancée lorsqu'elle s'avisait de demander trois
francs d'une manne de crevettes contenant une

dizaine de kilos. Ils lui mettaient le marché à la main, et il lui fallait bien passer par leurs exigences, ou sinon les exploiteurs s'adressaient à quelque pauvresse plus coulante, peut-être, hélas, plus dénuée, plus désespérée encore. Et dire que dans les restaurants une poignée de crevettes, servie en hors-d'œuvre, allait jusqu'à des deux et trois francs !

— Ah ! se demandait le pauvre garçon, pourquoi ces riches messieurs et dames ne traitent-ils pas directement avec nous ? Pourquoi cet entêtement à enrichir les gros boutiquiers, les fournisseurs qui nous accordent à peine un liard pour ce qu'ils revendront une pièce d'or !

Et je songeais qu'à tous les échelons de la vie économique, les intermédiaires jouaient le rôle d'affameurs. La disproportion entre le gain du salarié, du principal facteur de toute production, et celui du marchand roublard et parasite criait vraiment vengeance à l'avenir, au siècle de demain ! Et je déplorais cette paresse, cette bête d'indolence, cette sotte vanité du millionnaire qui paie au mercanti, sans marchander, sans broncher, des sommes fabuleuses pour la denrée à la conquête ou à la fabrication de laquelle le misérable, serf de la glèbe, de l'océan, du charbonnage, de l'usine ou de l'atelier de couture n'a ramassé que tout juste de quoi ne pas crever de faim ! Et, en me faisant ces réflexions, je me sentais devenir bien plus enragé, bien plus révolté que les victimes de cette abominable exploitation et je ne savais lequel était le plus inouï, de la résignation et de la mansuétude de l'indigent ou du cynisme des oligarques!

Ces huit jours de vacances s'écoulèrent pour moi dans un état de malaise et d'énervement. Je ressentais profondément la détresse ambiante, et Burch ne m'eût-il pas confié les tribulations qui l'accablaient, lui et tous ceux de son métier, que la rue, le quartier des pêcheurs, jusqu'aux façades de leurs bicoques, jusqu'à la lourdeur même de l'air qu'ils respiraient me les auraient révélées.

Les orgues de Barbarie et les orchestrions des cabarets voisins de mon auberge, les moulins à musique qui si souvent m'avaient empêché de dormir et fait pester les nuits du dimanche et du lundi, n'accompagnaient plus les ébats des lourds danseurs fringuant entre eux ou accolés à leurs « bonnes amies ». Plus que jamais les marins des diverses nationalités faisaient bande à part. La hargne, la provocation, la haine transpiraient dans les moindres gestes et dans les plus indifférentes paroles des Ostendais, d'ordinaire si conciliants. A présent, des rixes éclataient tous les jours et les batailleurs n'attendaient même plus pour en venir aux prises les heures nocturnes et les endroits écartés, mais en plein midi la police devait intervenir dans les échauffourées et conduire au poste des pugilistes et des joueurs de couteau.

Dans la ville neuve et mondaine, sur la digue fashionable, on ne se doutait pas de cette fermentation de sombre augure et c'est à peine si un écho de ces chamaillis défrayait incidemment les conversations de tablées d'hôte ou se mêlait aux potinières parlottes de la plage. Un temps superbe contribuait à bercer le monde élégant dans son bien-être opulent et sa végétative quiétude. La chaleur, cette année, était même telle qu'elle en devenait insupportable partout ailleurs qu'au bord de l'océan. Jamais, de mémoire d'Ostendais, difficiles à contenter cependant, la saison n'avait été si rémunératrice; hôtels, villas, pensions, regorgeaient de baigneurs.

Aux heures d'exhibitions mondaines c'était, sur l'estran, devant le « carré » des bains, un éblouissement de toilettes claires, savamment chiffonnées, une corbeille de professionnelles beautés de tous les pays du globe, autour desquelles bourdonnait, en des flirtages ostensibles, l'essaim des jeunes bêtas insupportables d'arrogance et de fatuité.

Les soirs, au Casino, on dansait et on jouait avec rage. Les concerts panachés du Kursaal remémoraient aux abonnés des Opéras et des Bouffes les grands succès de l'hiver précédent; Wagner alternait avec Delibes et la valse des *Maîtres Chanteurs* s'acoquinait aux pizzicati de *Silvia*.

Cependant les pêcheurs flânaient et chômaient en plus grand nombre que d'ordinaire.

Ils mettaient une certaine jactance bourrue à
encombrer l'asphalte du promenoir et ils acca-
paraient d'un air torve, des heures, sans démarrer, les bancs commodes réservés à l'indolence des promeneurs du high-life.

En rue, les musarbs ne s'abordaient plus
avec leur bonhomie et leur jovialité habituelles, avec ces grosses mais cordiales appel-
lations ponctuées de bourrades qui font s'épa-
nouir plus largement et se détendre plus
radieusement encore leurs bonnes faces plé-
béiennes.

Dans le chenal, au bas des pilotis, les chaloupiers cessaient d'offrir leurs embarcations
et leurs bons services aux habitués de l'estacade.

Peu de barques ostendaises prenaient la
mer. Le mouvement du port et de la minque
n'était plus alimenté que par l'étranger.

Je me rappelle spécialement, en poignant
contraste avec le marasme du marché, un jour
de régates : les yachts de plaisance venant de
Douvres, luisants, corrects, peints à neuf, ba-
telets de luxe enfilant le goulet d'où tant de
besoigneuses chaloupes ostendaises appareil-
lèrent pour le naufrage, le canon prodiguant
des salves de bienvenue, les voiles blanches
comme un plastron de dandy, les carènes ver-
nies ainsi que des escarpins de bal, les flammes
multicolores nouées coquettement, en manière
de cravate, au sommet du mât. Cette flottille
de ballade, ces équipages d'amateurs, ces di-

lettanti de la navigation défilant devant les vides et rugueuses barques de pêche ostendaises, barques grévistes qui loin de faire parade comme en d'autres temps de kermesse, avaient amené ou même enlevé leur pavillon!

La kermesse d'Ostende coïncidant avec ces fêtes mondaines, rendit toutefois une apparence de joie violente et de vie en dehors au quartier des pêcheurs. Chez les logeurs, mes voisins, les musiques rabâchèrent leurs loures et leurs quadrilles fastidieux. Mais cette allégresse sonnait faux; il semblait, en observant danseurs et buveurs, que ceux-ci voulussent se donner le change et s'étourdir une bonne fois, en une cène turbulente, avant de monter à je ne sais quel Golgotha. Je n'avais plus vu les Mitsu depuis plusieurs jours. L'absence de Burch m'inquiétait surtout. Celle du dimanche au lundi de la kermesse était la dernière soirée de mon séjour à Ostende et mon inséparable, averti cependant de cette circonstance, ne donnait point signe de vie. Après l'avoir vainement attendu à notre rendez-vous habituel, je me mis à sa recherche et, courant de guinguette en musico, je tombai enfin sur lui. Il était accompagné de sa fiancée, la pêcheuse de crevettes, une blonde qu'il m'avait présentée l'an dernier, et dont la mine plantureuse et saine réjouissait alors les yeux et le cœur. A présent, elle avait l'air famélique et débraillé d'une coureuse de grèves. La misère avait creusé ses joues roses et rebondies, et les rides,

semblables à des encoches, marquaient le
nombre des jours sans pain. C'est même à
grand'peine que je parvins à dominer l'affli
geante surprise que me causa cette métamor-
phose. Burch paraissait avoir bu plus que de
coutume et ma présence sembla d'abord l'em-
barrasser.

— Eh bien, lui dis-je sur un ton de reproche,
que devenez-vous? On fainéante, on s'est mis
en grève, alors...

— Ah! Monsieur, s'exclama-t-il fiévreux,
tout est perdu, tout est fini... Je ne me recon-
nais plus moi-même et je ne sais pas ce qu'ils
font, ce qu'ils feront encore de moi!... Non
vous n'imaginez point ce qu'ils inventent pour
nous réduire à la famine. Ils n'ont rien trouvé
de mieux à présent que de permettre à des
richards d'Anvers de se liguer pour nous faire
concurrence, à nous, pauvres diables, dans
nos derniers moyens de ressource. Ces intrus
possèdent une rosse de bateau à vapeur pou-
vant embarquer à la fois une centaine de pas-
sagers, de sorte qu'à cette heure tous les amateurs de promenades en mer ont délaissé nos
barquettes à voile. A quoi bon nous morfon-
dre alors au pied de l'estacade? Tenez, mieux
vaut ne pas assister à ce spectacle, car nous
sentions la colère nous retourner le sang et,
aussi vrai qu'il y a un Dieu, nous allions nous
porter à quelque extrémité, pris d'un impérieux besoin de détruire les choses et même
les êtres. Voilà pourquoi vous ne me verrez

plus à mon poste. Vous, Monsieur, vous nous
restiez fidèle, il est vrai, mais nous sommes
nombreux, et comme vous ne pouviez nous
engager tous, je n'ai pas voulu être le seul...

Il n'acheva pas, tout gêné, rougissant, ayant
peur de se vanter de son abnégation et de sa
touchante solidarité.

Le noble, le sublime garçon! C'était donc
pour ce motif qu'il m'évitait et que je ne le
rencontrais plus.

— Burch, murmurai-je, mon pauvre Burch!

Et ne trouvai point d'autres paroles, tant
mon cœur se gonflait jusqu'à se fendre pour
contenir tout le sien.

La veille, le fâcheux paquebot dont se plaignaient les chaloupiers d'Ostende avait offus-
qué mes regards, mais si mes goûts esthétiques
avaient été choqués par cette machine aussi
ingénieuse qu'horrible, où les bourgeois ana-
chroniques s'entassaient comme sur l'impé-
riale d'un omnibus, une véritable haine s'empara de moi en apprenant que cette abominable
patache ne se bornait pas à attenter à la gran-
deur, à l'harmonie de l'Océan, mais qu'elle
servait à affamer les travailleurs les plus inté-
ressants, ceux qui m'étaient le plus chers.

—Burch! Mon pauvre Burch!...

Je ne pus que répéter ces mots, sans parve-
nir à lâcher les mains de l'ami et en le regardant au plus profond de ses yeux bleus pour
m'éblouir à jamais des reflets de sa grande
âme.

Si la séparation m'avait coûté l'année d'avant, combien mon regret était plus crispant aujourd'hui, car il se doublait de véritables affres morales au sujet de mon compagnon préféré. J'avais conscience que pour ne pas m'alarmer il me voilait les plus sombres perspectives. Je me mis au lit sans pouvoir dormir ; toute la nuit l'image de Burch me hanta comme le fantôme d'un ami déjà pleuré.

Dans l'auberge attenante, un accordéon reprenait sans cesse le même air dolent à prétentions dansantes, une polka fallacieuse comme toutes celles que Burch dut danser cette nuit-là.

Pourquoi les accords de cet instrument faubourien me reportèrent-ils aux temps légendaires de la Kerlingalande? Par instants je croyais ouïr la cornemuse pathétique et belliqueuse des aborigènes. Correspondance plus suggestive encore et d'une action plus actuelle : une crevasse dans le soufflet de l'accordéon déterminait une lamentable fuite de mélodie et, périodiquement, à chaque appel de la note perforée, le son s'échappait comme un râle, comme d'un poumon troué par une balle et d'où le sang giclerait avec les derniers souffles.

Par surcroît d'obsession, des pétarades de carabines et de pièces d'artifice éclataient, non loin de là, sur le champ de foire. Et j'en vins à me rappeler ma dernière soirée avec Burch aux vacances précédentes, sur la digue,

au bord de la mer jalouse, lorsque les vagues
brasillantes m'avaient évoqué de lointains
feux de peloton. Cette nuit, le crépitement de
l'occulte fusillade s'était bien rapproché depuis l'autre fois et, après chaque détonation,
l'accordéon me semblait implorer le coup de
grâce et gémir, plus oppressé, plus suffoqué
par sa blessure.

III

Quelques jours après ma rentrée à Bruxelles,
les journaux constataient, en leur style apa-
thique, les premiers éclats de la tourmente.
Une dépêche énonçait ceci : « Aujourd'hui,
M. Duvyvre, armateur-écoreur, ayant mis en
vente de la morue de provenance étrangère,
le mécontentement des pêcheurs s'est traduit
par des manifestations tumultueuses et l'on a
dû renoncer à continuer la vente. »
   Il n'y avait encore là rien de bien tragique,
mais, transi d'inquiétudes, je lus et relus ce
télégramme succinct dont les lettres dansaient
en flamboyants zig-zags devant mes yeux; puis
je courus tout d'une traite à la gare et sautai,
après une mortelle attente d'une heure, dans
l'express pour Ostende.
   Quand j'arrivai, vers le soir, rien n'indiquait

une effervescence populaire : Mêmes criailleries de grooms, de chasseurs, de cochers et de
commissionnaires, assaillant, à la descente du
train, une nuée de baigneurs élégants ; même
cavalcade d'omnibus et de fiacres, emportant,
avec force claquements de fouets, ces retarda-
taires non moins empilés et encaqués que
leurs colis, vers les caravansérails de la digue
et du centre de la ville.

La rue de la Chapelle, où je m'engageai à la
suite de l'étourdissant cortège, gardait sa physionomie d'artère de fausse capitale, quelque
chose comme la rue de la Madeleine ou la rue
Neuve, émigrées au bord de la mer avec les
étalages, les brevets et les enseignes de leurs
fournisseurs fameux. L'invariable mouvement
de flâneurs et de désœuvrés cosmopolites en
équipement fantaisiste d'un négligé savant,
d'un laisser-aller laborieux, regagnant avec
une langueur affectée les vespérales tables
d'hôte que les bouffées alléchantes des cuisi-
nes annonçaient aussi éloquemment que les
appels des cloches.

Les patrons de l'auberge ne furent pas mé-
diocrement surpris de me revoir, surtout lorsque je leur eus dit la cause de mon retour. Ils
se moquèrent presque de moi : « Vraiment,
s'exclama la bazine, on prend à Bruxelles ces
bisbilles-là au grand sérieux !... Un simple
malentendu, Monsieur. On s'arrangera, on
finit toujours par s'arranger ici. Nos pêcheurs
ne sont pas gens à se monter la caboche. Si

traitables, si doux, de vrais moutons! On en a
raison avec quelques bonnes paroles! Ainsi,
vous avez cru assister ici à des horreurs
comme celles qui se passent chez ces mauvais
coucheurs de charbonniers! Rassurez-vous.
Aujourd'hui il n'y paraît déjà plus! » Et l'Anglais souligna les dires de sa femme par ce mot
dédaigneux : « *Humbug !* Des bêtises! »

L'optimisme de l'hôte et de l'hôtesse ne me
rassura qu'à moitié. Quoique établis en plein
quartier besoigneux, ils vivaient si distants de
leurs voisins; et leur prospérité relative, leur
clientèle cosmopolite, leur commerce qui ne
chômait jamais, les rendaient indifférents à la
situation famélique de leur entourage.

Je me mis à la recherche des deux frères
Mitsu. Non seulement ils n'étaient pas chez
eux, mais toute la famille avait quitté le logis,
car je cognai vainement à la porte.

Cette absence anormale justifiait mes pre-
mières appréhensions. J'entrai dans quelques
cabarets du quai et m'informai de mes amis.
Nul ne put me dire où ils se trouvaient. Les
buveurs causaient avec calme et paraissaient
s'entretenir de choses indifférentes. Pas une
allusion aux incidents de la veille. Plusieurs
pêcheurs à qui je touchai un mot de ces troubles, haussaient les épaules avec humeur
comme si j'avais voulu les mystifier. Décidément, ou bien ces humbles se défiaient de
moi, ou bien les gens de l'hôtel disaient vrai
et les journaux avaient exagéré un simple

malentendu. Je finis par admettre la seconde
de ces suppositions et regagnai ma chambre,
bien décidé à reprendre, le lendemain, un des
premiers trains pour Bruxelles.

Tandis que je m'habillais, rassuré, aux tinte-
ments de la matineuse cloche de la minque
convoquant les acheteurs à la criée, un hour-
vari se déchaîna tout à coup sous mes fenêtres;
le quai retentit de trépignements et de clameurs insolites, dans lesquelles je reconnus
des protestations et des menaces. Matelots et
pêcheurs se portaient à la hâte vers le bassin
où le rassemblement de plus en plus houleux
grossissait jnsqu'à représenter une véritable
insurrection.

C'est donc que le bal recommence.

Je descends dans la rue et comme je m'en-
quiers des causes de cette surexcitation, un
des manifestants me montre une chaloupe an-
glaise et un chalutier de Berwick qui viennent
d'entrer dans le port. Or, on attendait quatre
bateaux de pêche ostendais, — entre autres
la *Constantia*, sur laquelle était monté l'aîné
des Mitsu, — et, encore sous l'impression
de leurs griefs de la veille, les Flamands sont
résolus à s'opposer à la vente de la cargaison
des English. Ceux-ci, encouragés par quelques
commis de mareyeurs et par la présence des
employés de la minque, croient à de simples
bravades de la part des indigènes. Goddam !
ils ne se laisseront pas intimider par ces criailleries ! Et voilà qu'ils se mettent en devoir de

déposer sur le quai les paniers gorgés de poissons. Auraient-ils raison, ces spoliateurs, de
nous compter pour si peu de chose? Les Flamands d'aujourd'hui ne représenteraient-ils
plus que des brouillons et des pleutres, à qui
les grandes nations pourraient imposer le ré-
gime auquel les brimeurs ou *bullies* des col-
léges d'Outre-Manche soumettaient autrefois
les *fags*, leurs souffre-douleur !

Uue dizaine de bannettes s'alignent déjà le
long du rivage, prêtes pour la billotée et toujours les Ostendais se contentent de les entou-
rer en se gargarisant d'injures et en roulant
de grands gestes dans le vide. Pas un ne bouge
efficacement.

J'éprouve un sentiment étrange et complexe !
d'une part, je serais tenté de me réjouir de
l'inoffensive issue de cette contestation; d'autre part, cette tolérance, cette veulerie de mes
compatriotes ne laisse pas de m'énerver et de
m'humilier profondément.

O Kerels! O les Pieds-Bleus! O Zannekin !
Où êtes-vous? Vos descendants n'ont-ils plus
dans leurs veines une seule goutte de votre
sang rebelle et farouche ?

— Allons, assez de criailleries! Qu'on se
range un peu et qu'on fassse place ! clame le
facteur de la halle en s'interposant, tandis
que les English s'apprêtent flegmatiquement
à caler les lourds paniers sur leurs larges
épaules.

Comme s'ils n'avaient attendu que ce signal,

tout à coup, sans mot d'ordre, nos pêcheurs
se ruent sur la marchandise. *Harop! Harop!*
Coups de pied, à droite, à gauche ! Toutes les
cloyères renversées sur le sol. On dirait des
cornes d'abondance dégorgeant leurs trésors.
O le joli poisson aux écailles irisées, aux tons
de nacre et d'azur ! L'appétissante et fraîche
marée, l'espoir des riches gourmets, dispersée
aux quatre vents ! Elle est propre, à présent,
la délectable marchandise ! C'est qu'ils vous
l'accommodent sur place, sans poêle à frire ni
casserole, nos fricasseurs expéditifs. Ils vous
en trempent une *waterzooei* comme n'en rê-
vèrent jamais, à la veille des ventrées, nos
sensuelles bourgeoises! Raies, turbots, plies,
congres, églefins, cabillauds, barbues, poissons
Saint-Pierre se métamorphosent en autant de
volants qui replongent, en ricochant, dans
l'eau salée ou vont s'abattre, plus vite qu'ils
n'en furent extraits, sur les chaloupes de la
vieille Angleterre!

Merry England cède le pas à *Merry Bel-
gium!* Tout à la joie, les Flamands ne récri-
minent, ne sacrent plus. Emoustillés, exultant,
ils se livrent à cet exercice avec la gaillardise
de collégiens engagés dans une partie de balle.
Ah! je les calomniais ! Qu'ils sont beaux nos
pêcheurs, nos mousses musclés et râblés,
s'amusant à se renvoyer, du poing et du pied,
les poissons gluants par-dessus les têtes de
leurs propriétaires consternés. Les commères
accourues du fond des venelles riveraines se

mettent de la partie avec plus d'entrain encore
que leurs hommes.

Quelle joie! Oui, mais quelle terrible, quelle
sinistre allégresse! Lorsqu'on rit ainsi, c'est
qu'on n'a plus de larmes à répandre. Non seulement ils rient, mais ils chantent, ils dansent.
Ils achèvent de détruire la marchandise mau-
dite en la foulant sous leurs sabots au rythme
d'une gigue effrénée.

L'émeute ne s'en prend pas encore aux per-
sonnes, toutefois; mais les Anglais, déconcer-
tés par l'imprévu du coup de main, ont jugé
prudent de sauter à bord de leurs bateaux
d'où ils assistent, ébaubis, à la destruction
de leur pêche. L'algarade se bornerait à des
pertes matérielles, si les agents de police —
toujours opportuns, ces policiers! — ne s'avi-
saient de vouloir arracher aux furieux la denrée désormais impropre à la consommation, la
charogne boueuse, l'innommable matelote
qu'est devenue la ragoûtante pêche des Anglais. Mal en prend aux alguazils! On les la-
pide avec ces éclaboussures, on les vautre
dans ce margouillis, on les barbouille de fiel
et de laitance. Leur sifflet d'alarme appelle à
la rescousse un piquet de gendarmes. Avant
que ceux-ci aient eu le temps de mettre la
baïonnette au canon, on la leur arrache des
mains, on la convertit en tire-bouchon, comme
s'il ne s'agissait que d'un simple fil de fer. Dé-
bordés, argousins et pandores fuient dans la
direction de la minque, où ils espèrent se

retrancher. La foule se rue à leurs trousses; elle les rejoint, elle les précède même dans la halle au poisson. Tombés au pouvoir de leurs ennemis, il va leur en cuire, lorsque tout à coup une diversion se produit. Quelqu'un s'écrie : « Hé ! camarades, lâchez ces malheureux; il y en a de plus malfaisants! Allons plutôt faire visite à Duvyvre et Valckeniers! »

J'ai reconnu la voix de Burch Mitsu et je l'aperçois, dominant, au moins d'une tête, la bande des émeutiers. Ils subissent son ascendant, faut-il croire, car ils abandonnent leurs prisonniers et s'ébranlent à sa suite, au pas gymnastique, en criant : « A bas Duvyvre! A bas Valckeniers! »

Duvyvre et Valckeniers sont les écoreurs destinataires du poisson anglais. Je me laisse emporter dans la bourrasque populaire jusqu'aux abords des bureaux et des magasins désignés à la vengeance des pêcheurs. En quelques minutes, ils ont enfoncé les portes, brisé les fenêtres, dégarni les étaux, ravagé et piétiné la marchandise. Si, flairant le grabuge, les patrons n'avaient jugé prudent de se réfugier chez des amis, on les aurait écorchés comme de simples anguilles. La dévastation s'accomplit au roulement d'imprécations terribles : « A mort, les traîtres! A l'eau, les Judas! A bas les amis de l'étranger! Ils nous arrachent le pain noir de la bouche! La patrie n'existe plus! La marâtre affame ses enfants! Nos protecteurs nous ont vendus! Les tempêtes sont moins meurtrières que les armateurs! Ils battent monnaie avec notre misère et font suer de l'or à nos cadavres! »

Désespérant de mettre la main sur les exploiteurs, ne trouvant plus rien à détruire, la horde, toujours commandée par Burch Mitsu, retourne aux bassins et s'y confond avec d'autres colonnes de révoltés.

La population entière a déserté ses taudis pour se répandre sur les quais. Les mères, hâves et ridées, traînent à leurs jupes une marmaille famélique et lamentable. Chez cette classe de prolétaires, les mâles préservent plus longtemps leur fleur de jeunesse et de santé dans les athlétiques opérations du plein air, les bromes du large nettoyant leurs poumons et entretenant la pureté de leur sang. Les épouses, au contraire, sont flétries et fanées avant l'âge par de nombreuses couches, par de continuelles privations, par l'humidité, les ténèbres et la pestilence de leurs galetas. Les marins passent des aventures et des crises de leurs pérégrinations sur l'océan, aux turbulentes et folles bordées sur la terre ferme; ils se gobergent de l'avenir, se retrempent constamment dans l'action, et, après avoir cuvé leur alcool, retournent s'enivrer d'héroïsme. Les femmes connaissent les veilles sinistres, les insomnies pleines d'effroi. Pendant les tempêtes meurtrières, les transes et les affres sont pour celles qui attendent à terre et non pour les lutteurs intrépides et ingénus qui se mesurent, corps à corps, avec les éléments inéluctables. Eux expirent debout, sans voir approcher la mort, mais elles agonisent durant toute leur vie.

Aujourd'hui, pourtant, le souffle tragique les a visitées à leur tour, elles ne connaissent plus la prévoyance, la prosaïque sagesse, la résignation cagnarde, la terreur du lendemain. Les conseillères calmantes et timorées sont devenues autant d'instigatrices incendiaires. Non seulement elles approuvent la rébellion des pêcheurs, mais elles les exhortent à persister dans leur résistance. Elles circulent de groupe en groupe pour haranguer leurs frères, leurs fiancés, leurs maris. Elles trouvent de ces paroles corrosives qui avivent et tisonnent le feu des représailles dans les cœurs les plus évangéliques. Ah! il ne faudrait pas que l'un d'eux s'avisât de reprendre la mer! Elles se chargeraient de le débarquer, mort ou vif.

Tandis que les pêcheurs faisaient acte de sommaire justice chez les Duvyvre et Valckeniers, elles se sont rendues à bord des barques grévistes et, après avoir amené les pavillons, elles ont drapé les voiles de funèbres bandes de crêpe, comme lorsque l'équipage a laissé quelqu'un des siens dans la *grande tasse*. « Vous le voyez! s'écrient-elles, en montrant ces barques endeuillées, nous demandons la mort! »

Les cheveux épars, les yeux égarés, la bouche convulsive, la voix fêlée, le geste impérieux,

leur laideur devenait sublime, et ces pauvres-
ses généralement passives, qui ne connaissent
de la vie que les soucis délétères et la croupis-
sante obscurité, évoquaient les prophétesses
et les sybilles fulgurantes des temps bibliques.

Elles faisaient jurer aux hommes de s'opposer jusqu'à la mort à la vente du poisson de
provenance étrangère, et, pour donner plus
de portée à ce serment, tous le prêtaient sur
la tête de leurs enfants. L'une de ces désespé-
rées, tenant au-dessus de l'eau le nourrisson
qu'elle portait à la mamelle, menaçait de le
noyer plutôt que de subir plus longtemps ces
spoliations.

L'occasion se présenta de mettre leur ran-
cune à l'épreuve. Un chalutier de Ramsgate
ne s'est-il pas avisé de braver l'animosité des
pêcheurs d'Ostende et d'entrer au port avec
sa cargaison de marée! On lui a bientôt fait
passer le goût de cette provocation.

Sur les estacades d'où la gent fashionable et
oisive, pêcheurs pour rire, flirteurs et flirteu-
ses, s'était empressée de déguerpir dès la première bagarre, déferlaient à présent des flots
de révoltés munis de pierres et de projectiles
de toute espèce, dont une grêle incessante mi-
trailla le pont du bateau anglais, à peine eut-il
enfilé le goulet du port.

Les femmes, hors d'elles-mêmes, effrénées,
éperdues, s'étaient poussées aux premiers
rangs. S'écroulant sur les escaliers des débar-
cadères, penchées par-dessus les garde-fous

tordant des bras que la frénésie allongeait et
dotait de l'élasticité des pieuvres, quelques-unes
armées de gaffes et de harpons, les yeux roulant dans les orbites et semblant sur le point
d'en être projetés comme d'une fronde, la
brise faisant claquer et siffler des nœuds de vi-
pères de leurs masques de gorgones, l'effort de
leurs hurlements amenant sur leurs lèvres une
écume plus âcre que celle des vagues ron-
geant les pilotis, leur aspect fut tellement
implacable que les Anglais, après s'être aven-
turés à quelques mètres dans le chenal, remi-
rent le cap vers la pleine mer, littéralement
affolés par cette vision dantesque, dont les
huées les poursuivirent jusqu'au large.

Cette scène émouvante détermina enfin la
régence à parlementer avec les mutins et, en
conséquence, ceux-ci députèrent à l'hôtel de
ville les plus populaires de leur confrérie.

Eu revenant de la jetée, j'appris par Burch,
un des négociateurs, qu'ils avaient obtenu un
commencement de satisfaction : on ne vendrait
plus, jusqu'à nouvel ordre, de poisson étranger ; les bateaux anglais seraient reconduits en
pleine mer ; on suspendrait quelque temps le
service des bateaux excursionnnistes vers
Blankenberg ; enfin, le hideux petit paquebot
dont se plaignaient les chaloupiers et les loueurs
de canots, regagnerait au plus vite les bords de
l'Escaut et la rade d'Anvers.

C'était moins par humanité, par sollicitude
pour la cause de ses pauvres administrés que

dans le but de ne pas léser les gros intérêts des
hôteliers et des boutiquiers que le magistrat
souscrivait à ces conditions.

Il était temps de conjurer le désastre. Déjà
les locataires des villas situées an nord de la
digue, dans le voisinage de l'ancien phare et
des bassins, refluaient, consternés, vers le Kursaal. Beaucoup avaient demandé leur note,
bouclé leur malle et pris le train! Les blêmes
maîtres d'hôtel et les concierges, atteints dans
leur cupidité, torturaient rageusement leurs
favoris en grommelant : « Ces sales gens auraient bien pu attendre la fin de la saison ! »
Pour enrayer l'exode général, à peine l'arran-
gement eut-il été connu, des proclamations
rassurantes et paternes furent affichées. Les
journaux publièrent des communiqués de ce
genre : « On a beaucoup exagéré le récit de
ces émeutes ; pas un étranger n'a été *impor-
tuné*, et sur la digue comme aux environs du
splendide Kursaal, on ne se fût pas douté qu'il
y eût une *émotion populaire*, Sur la plage, les
enfants jouaient et se livraient à la construc-
tion des forts, *comme le montre notre dessin.* »
Et le texte veule et philistin renvoyait, en
effet, le lecteur à une de ces ineptes quelcon-
queries du fluent crayonneux Mars.

Cependant, en dépit de la pacification offi-
cielle, le bourgmestre avait convoqué la garde
civique et la garnison était consignée dans ses
casernes. Pour ce qui me concerne, j'étais
loin d'être rassuré. « Tout est donc fini, avais-

je dit à Burch Mitsu, et vous allez vous tenir tranquilles? — Oui, tout est fini! » avait-il répondu, mais d'un ton rauque et avec un sourire énigmatique qui donnait une signification plus inquiétante que conciliante à ses paroles. Je lui trouvai l'air farouche et en quelque sorte absent, l'occulte prestige que dégageait sa personne me paraissait approcher d'une manifestation définitive! Un crispant silence nous séparait, un secret le détachait de moi. « Je ne m'appartiens plus! murmura-t-il très bas, comme en rêvant, et bientôt personne sur terre n'aura plus d'influence sur moi! » Quoique nous ne fussions qu'à deux dans son humble chambre, il semblait s'adresser à un confident invisible. Ses chers yeux aussi ne me regardaient plus; ils fixaient, ils scrutaient j'ignore quel au-delà!

Maintenant que je l'avais rejoint, j'étais fermement résolu à ne plus le quitter. Je l'empêcherais, coûte que coûte, de se compromettre dans de nouvelles échauffourées. C'était bien assez du sac des poissonneries Duvyvre et Valckeniers, pour lequel il serait sans doute inquiété et poursuivi comme principal meneur.

Il sortit et, sans qu'il fit attention à moi, je marchai à côté de lui. Au-dehors, j'éprouvai un réel soulagement en constatant qu'une sorte d'apaisement se produisait dans la population. La fureur faisait place à une exubérance fiévreuse. Une bande, précédée du peu subversif drapeau tricolore, se promenait par les rues de la ville, en chantant une conciliante *Brabançonne*. Allons, ce n'était décidément pas encore le grand branle-bas! Les patrons de mon auberge jugeaient bien cette race : des enfants débonnaires, dont les tardives colères étaient promptement calmées par de feintes et leurrantes concessions. En me faisant cette réflexion, je regardai Burch, espérant que sa physionomie confirmerait mon optimisme. Au contraire, il me suffit de le dévisager pour pressentir une irréparable catastrophe. Elle ne se fit pas attendre longtemps.

Comme le cortège débouchait sur le quai, soudain une poussée se produisit, la musique cessa de jouer, la *Brabançonne* s'arrêta dans la gorge des chanteurs et, quoique j'eusse pris le bras de Burch en m'effaçant le plus possible sur le trottoir, nous fûmes entraînés dans le tourbillon, bousculés et séparés l'un de l'autre. La *Constantia*, un des sloops ostendais attendus depuis le matin, venait de rentrer au port et la foule entourait avidement les pêcheurs, qui racontaient comme quoi, ayant rencontré le chalutier reconduit en pleine mer, les Anglais, sans provocation aucune, avaient tiré sur eux. Gust Mitsu, qui faisait partie de l'équipage, avait été atteint au bras et, la manche retroussée, il étalait aux regards de ses camarades une blessure non encore pansée d'où le sang ne cessait de couler.

En un instant la colère s'empara de nouveau

de la foule ; le feu qui couvait, mal éteint, se
remit à flamber. Ils rêvent d'immédiates représailles. Mais qui frapper ? Ils se rappellent que
les deux bateaux de pêche anglais qui avaient
provoqué les troubles, savoir la chaloupe
Meredith, de Grimsby, et le chalutier *Pacific*,
de Berwick, se trouvent encore dans le premier bassin. Il s'agit de les en faire sortir au
plus vite. Commandés par les deux frères
Mitsu, voilà que tous se précipitent de ce côté.

L'artillerie de la garde civique, tenue sous
les armes pour faire face à toute éventualité,
débouche au même moment du pont faisant
communiquer ce bassin avec l'écluse de marée. Les mutins se voient disputer le passage.
Le commandant les somme de s'éloigner du
quai. Loin d'obtempérer à cet ordre, les pêcheurs résistent et tiennent tête aux artilleurs.
Ceux-ci mettent la baïonnette au canon et
s'apprêtent à charger! Les pêcheurs viennent
résolûment à la rencontre des gardes, se dé-
couvrent la poitrine et, empoignant la pointe
des armes, font le geste de l'enfoncer dans la
chair.

La garde civique parvient enfin à refouler
le gros du rassemblement à quelque distance
du quai. Toutefois, elle n'a pu empêcher quelques intrépides et lestes gaillards de sauter
sur le *Meredith*, amarré au quai, ou, comme
Burch et Gust Mitsu, de se jeter dans deux
embarcations de plaisance, d'où ils gagnent
à force de rames le chalutier mouillé à envi-

ron une cinquantaine de mètres de la rive.

Le commandant les hèle : « Revenez sur le champ! — Jamais de la vie! — Allez-vous débarquer? — A vous autres de nous déloger d'ici! »

Et les crânes lurons de narguer la garde civique avec le mépris de gens ayant le pied marin pour ceux qui n'ont jamais foulé que le plancher des vaches,

Burch, les mains en poche, se mit même à danser une bourrée dont il sifflait la mélodie. La grâce féline et presque quintessentielle ajoutant un cachet suprême à sa copieuse et plastique beauté, me faisait oublier l'heure farouche et les ambiances sanguinaires.

Le commissaire l'interpella : « Voyons, vous Burch, soyez raisonnable, ne faites pas le polisson! Donnez plutôt l'exemple aux autres et mettez pied à terre comme un bon sujet! » Burch faisant la sourde oreille. le personnage devint solennel, entama une harangue. Les clameurs et les rires couvraient sa voix et on n'entendait ronfler de temps en temps que ces gros mots : légalité, justice, rapports internationaux, respect de la propriété, fraternité universelle. Burch n'interrompit même pas ses ébats chorégraphiques. Son humeur gouailleuse et badine se communiquait à ses copains. Ils paraissaient ne pas douter un instant de leur absolue sécurité.

Ces gardes civiques n'étaient-ils pas des Ostendais comme eux? Les uniformes neufs, les

sabres fourbis, les fusils astiqués, les bufflete-
ries bien blanches de ces « soldats citoyens »
ne leur imposaient pas plus que les dimanches
au retour de l'exercice, lorsque, musique en
tête, ces masques débouchaient sur la place
d'armes et qu'après le sacramentel « Rompez
les rangs » ils envahissaient les terrasses des
cafés, où ils s'attardaient, pintant et piaffant,
histoire d'exhiber le plus longtemps possible
leur déguisement hebdomadaire. Les pêcheurs
reconnaissaient des fils d'armateurs et de gros
poissonniers et les appelaient par leur nom,
familièrement : « Hé, Mynheer Chaarel ! Hé,
Mynheer Luik ! »

Puis, n'accordant pas plus d'attention à ces
fichus poseurs, nos gaillards se mirent à ins-
pecter leurs prises. Ils faisaient jouer les agrès,
les poulies, les cordages, déployaient ou car-
guaient les voiles, éprouvaient la solidité des
filets ; d'aucuns descendaient dans les cabines
et à fond de cale ; d'autres grimpaient aux
haubans.

En batifolant ainsi, une idée vint tout à coup
à l'un d'eux.

— Hé ! dites-donc, vous autres, si nous le-
vions l'ancre pour de bon ?

— C'est çà, reconduisons nous-mêmes ces
maudits Anglais en pleine mer !

— Il y a mieux encore, intervint Burch. Ap-
pareillons tout simplement pour la pêche en
empruntant les bateaux de nos acharnés concurrents. Hein ! qu'en dites-vous ?

— Bravo Burch! En route! Hé hisse! Hé, hisse!

Et tous de se trémousser. Sur le quai les pêcheurs qui avaient entendu la mirifique proposition de Burch, ne trouvaient pas la farce moins capitale et se tordaient de désopilation.

— Gust Mitsu commandera le sloop et Burch le chalutier!

— Entendu! Partageons-nous les hommes!

— Chauffons la machine! Aux voiles! Dépêchons!

En effet, ils se séparaient en deux équipages et se mettaient en devoir de lever l'ancre et de démarrer incontinent, la chaloupe remorquée par le chalutier à vapeur. Telle était leur désinvolture, qu'elle finissait par endormir mes appréhensions. La police et la garde civique elles-mêmes semblaient désarmées par le piquant et l'original de cette plaisanterie.

La drôle de grimace que feraient ces sacrés Goddams, réfugiés en ce moment chez leur consul, lorsqu'ils s'aviseraient de remonter à bord!

Le tour serait complet.

Un silence inspectant s'était fait sur le quai. Les spectateurs ne perdaient plus un mouvement, plus une parole de ces impayables lurons.

Déjà on guindait l'ancre du chalutier :

— « Un instant, s'écria Burch, il est entendu que nous naviguons sous pavillon belge! »

Il détache de la hampe le drapeau tricolore

promené tout à l'heure par la ville et, tenant
un coin de l'étoffe entre les dents, il grimpe au
grand mât pour y arborer les couleurs natio-
nales.

Une immense acclamation, une clameur
brève mais frénétique salue ce raffinement de
prouesse. Les pêcheurs exultent jusqu'au
délire.

Burch monte, monte toujours, mais en pre-
nant son temps; parfois il s'embarrasse dans
les plis du drapeau, d'autres fois il affourche
une vergue et se repose pour échanger de là-
haut une grosse bourde avec un autre flambard
qu'il démêle dans le grouillement de la foule.
Tous les regards le couvent anxieusement et le
caressent de leur sympathie, de leur solidarité.

Enfin il arrive à la pomme du mât. Pour
aller plus vite, il en arrache le pavillon britannique.

La huée féroce et étourdissante qui approuve
cet attentat rappelle les autorités au sentiment
de leur rôle. D'ailleurs la foule devient par
trop remuante et pèse tellement sur les gardes
civiques que ceux-ci risquent à tout instant
d'être jetés à l'eau. Il faut absolument en finir.

Très pâle, nerveux, blessé dans son impor-
tance d'officier amateur, le commandant, après
s'être concerté avec le commissaire, ordonne
au premier rang de coucher en joue les enva-
hisseurs des bateaux anglais. En même temps,
le second rang s'est retourné vers la cohue et,
crosse en l'air, s'efforce de la faire reculer.

—« Pour la dernière fois, allez-vous des-
cendre? » clame l'officier à Burch Mitsu.

Pour toute réponse, le jeune homme es-
quisse du geste une ithyphallique parodie du
salut militaire.

—Feu! gronde l'officier, dominant et étran-
glant le rire égrillard de la foule.

— Les balles s'égarent; mais ils ont tiré tout de
même! Vrai, ces muscadins, ces « fils de famille », comme on dit en style bourgeois, —
ce qui ferait supposer que ce qu'on appelle
famille n'existe pas pour les déshérités, — ces
dadais pommadés, au visage poupin, ont été
munis de poudre et de balles! Les doigts leur
démangeaient de s'en servir, si bien que les
fusils seront partis tout seuls!

Mes yeux dévoraient Burch. Le grand moment imminait. Je voulus m'élancer, le conjurer par un cri. Impossible! Mes jambes étaient
paralysées, j'étais pressé dans les étaux de la
cohue : et, suffoquant d'angoisse, je ne pou-
vais plus tirer un son de ma gorge.

Quant à lui, mon héros, il ne s'était pas seulement retourné à la détonation; il n'avait
même pas tressailli. Il continuait tranquille-
ment de substituer le drapeau belge au pavillon britannique et il officiait avec ces bonheurs
d'attitudes et ces trouvailles de gestes dont il
me régalait en appareillant, lorsque nous par-
tions en excursion. Sa silhouette inoubliable
se détachait sur un de ces couchers de soleil
qui exacerbent encore l'hystérie de l'équinoxe

et les spasmodiques mirages de septembre.
Les reflets de l'horizon l'éclairaient avec une
sorte de volupté ; des feux Saint-Elme papil-
lonnaient dans les frisons de sa chevelure. Il
n'avait plus l'air d'un simple vivant, il éblouis-
sait comme un ressuscité.

L'aigre commandement traversa une seconde fois l'espace léthargique.

C'en était fait! Ils firent feu pour de bon
cette fois, en visant de leur mieux, faut-il
croire, comme s'il s'agissait de tirer au pigeon
et de rapporter quelques couverts d'argent à
leurs ménagères.

Trois corps s'abattirent sur le pont. Dans
l'un je reconnus Gust Mitsu. J'appris plus tard
que deux spectateurs postés sur le quai, de
l'autre côté du bassin, avaient été tués par la
fusillade. Lui, du moins, était sain et sauf! Mon
illusion ne dura pas plus longtemps qu'un
soupir.

Je le vis chanceler. L'une après l'autre ses
deux mains lâchèrent prise ; il porta la main
gauche à la poitrine, perdit pied et, comme il
demeurait suspendu dans le vide, tournant
plusieurs fois sur lui-même, il s'enroula dans
les plis du drapeau mal attaché à la drisse, de
sorte que lorsqu'il s'abattit sur le dos, non loin
du grand frère, sa tête blonde, appâlie, sa
douce figure de novice émergeait seule du
linceul tricolore. Ce que m'avait prédit l'autre
été la mer phosphorescente et, hier encore, les
sanglots de l'accordéon durant la nuit d'insom-

nie, c'étaient donc les pantèlements furieux de cette noble poitrine ! Peu à peu, aux flots de sang giclant du poumon perforé, le drapeau national se teignit en un prophétique étendard rouge.

Alors, se redressant sur ses coudes, dans la posture d'une vigie fidèle, Burch dirigea ses yeux mourants vers l'horizon où l'édifice des nuages lui représenta le phare de la Révolution promise...

IV

Quelle cause m'empêcha de chercher le trépas à sa suite ? Une pudeur difficile à définir, une vague conscience de mon indignité, la peur de mêler un sang profane à cet holocauste agréable à l'avenir. Avant de dépouiller la vie, était-ce que je devais mieux m'imprégner de l'âme populaire ? Me fallait-il concourir d'une manière plus efficace que par une fin prématurée, au martyre encore immérité, au bonheur de ceux que je prétendais tant chérir ? Tel un catéchumène des temps évangéliques ne recevait que bien longtemps après les autres le sacrement de la mort violente.

Si ma place n'avait jamais été parmi les tourmenteurs directs des misérables, elle n'était pas encore parmi les persécutés ! Un jour peut-être serai-je digne des pauvres et des parias ! Quand j'aurai confessé et expurgé mes intimes préjugés sociaux, que je me serai affranchi des dernières conventions profitables aux affameurs, quand aucune des impostures du progrès et de la civilisation ne me faussera plus la conscience, je mériterai, sinon de mourir avec les interdits et les anathèmes, du moins de m'immoler pour faire place à leur postérité.

La vanité et la présomption suprêmes de notre part ne consisteraient-elles pas à nous croire, nous les rêveurs angoissés, les pâles augures des prochains cataclysmes, appelés à jouer encore un rôle dans l'édification du monde nouveau?

Bientôt c'en sera fini des présages et des avertissements de la période comminatoire. Ne ferions-nous pas mieux de disparaître avec ceux que nous avons condamnés et flétris, nous autres transfuges de cette civilisation, de ces mœurs abolies; nous autres, gravats qui encombreraient le chantier anarchiste?

Autant partir sans récriminer. Laissons passer la justice de Caïn ! Faisons place à des âmes vierges, à des âmes sans remords et sans passé. Les meilleurs, les plus jeunes d'entre les bourgeois sont inaptes aux récoltes des jours prochains, c'est à peine s'ils prêteront une

main utile aux semailles, ils serviront tout au
plus aux amendements. Nous serions gauches,
maladroits, fatalement désorbités. Car nous
ressemblons à ces broussailles couvrant les no-
vales et que le défricheur réduit en cendres
pour les restituer sous forme d'engrais au sol
épuisé dont elles étaient les parasites.

Et ce sont eux, tous ceux que nous chéris-
sons, qui, sans le savoir, en se jouant, parce
que la fatalité, le destin les aura enivrés et
leur aura poussé le bras, ce sont les élus qui
nous immoleront pour leur plus grand bien.

Trop de bonheurs et de priviléges nous en-
tachent et nous dégénèrent pour que nous
soyions dignes de communier dans la mort
avec les doux et sublimes parias.

Résignons-nous, au jour des réprésailles et
des cataclysmes, à tomber confondus avec les
mauvais riches. C'est pour donner aux aimés
la plus immense preuve de notre tendresse
que nous devons consentir à cette méconnais-
sance, à cette méprise. Il nous faut accepter
toute la cruauté de ce sort, et cela sans espérer
que jamais nos justiciers nous pleurent; au
contraire, avec le désir que jamais — pour
qu'ils n'en éprouvent d'oiseux et inutiles remords — ils ne sachent à quelle extrémité, à
quel paroxysme nous les chérissions! Il faut,
afin que rien ne trouble leur œuvre sereine et
régénératrice, qu'ils continuent de nous croire
coupables.

Afin qu'ils conservent la foi et l'espérance‘

puissent-ils ne douter jamais de leur charité.

Mais pour nous, quelle volupté, dépassant toutes les autres : celle de mourir de leurs mains immaculées. C'était toujours à l'épée de ses affranchis, gladiateurs violents et candides, que César demandait le coup de grâce. Et pour mourir réconcilié, Amfortas attend Parsifal.

Georges Eekhoud.

BRUXELLES, imp. EG. GOVAERTS, rue des Eperonniers, 11.